CB133985

um encontro no rio dentro do rio

Tania Afonso Chaves

In Media Res

- 2022 -

In Media Res

Copyright © 2022 Tania Afonso Chaves

Capa: In Media Res Editora
Ilustrações de capa e miolo: Tania Afonso Chaves
Diagramação: In Media Res Editora
Revisão: Ana Beatriz Manier

Dados Internacionais de Catalogação na Publicação (CIP)
(Câmara Brasileira do Livro, SP, Brasil)

C512r
Chaves, Tania Afonso
Um encontro no rio dentro do rio; Tania Afonso Chaves - 1ª edição -
Nova Friburgo - RJ
In Media Res, 2022
76 p.

ISBN: 978-85-94016-32-4

1.romance 2. romance brasileiro I. Título

CDD: B869-3

Todos os direitos desta edição reservados a:
Educatoris Instituto de Educação Multidisciplinar Ltda
Rua Abdo Abi-Ramia, 81
28630-090 - Nova Friburgo – RJ
www.inmediares.com.br

Para Pedro, que tanto me inspira,
e para Josefina, amiga de longa data, luz
visível que vive em mim.

"Ser capaz de recomeçar sempre, de fazer, de reconstruir, de não se entregar, de recusar burocratizar-se mentalmente, de entender e de viver a vida como processo, como vir a ser... "

Paulo Freire

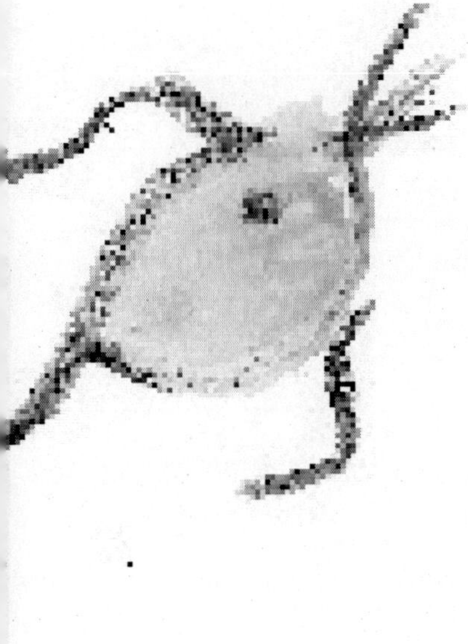

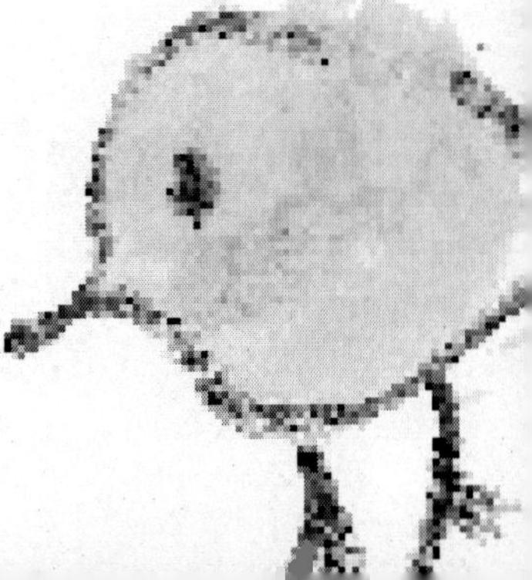

sumário

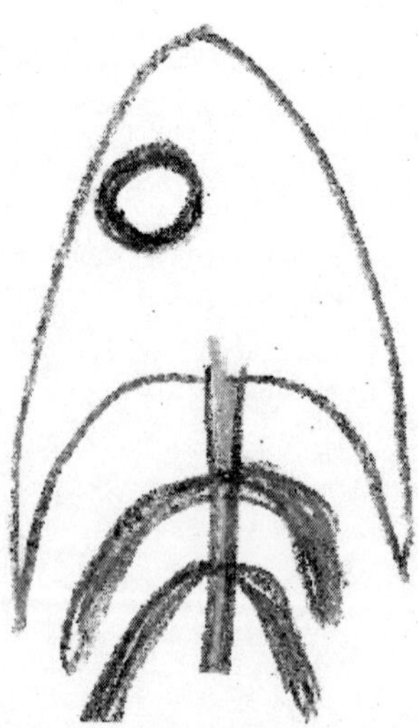

Prefácio

Um encontro no rio dentro do rio é uma convocação da alma de Tania, que corajosamente se desnuda diante do papel, com a consciente e poética escolha das palavras.

Nas páginas a seguir, você, leitor, descobrirá que a autora experimentou um encontro caloroso consigo mesma, abraçou o peso da vida e se vestiu com a máxima elegância dos sentidos e emoções. Tania simbolizou um momento da vida em que seu Eu íntimo se derrama e não se contém às limitações do próprio corpo. Foi preciso extravasar por meio da escrita para alinhar, sustentar e equilibrar todas as descobertas de si. Alguns escolhem esse derramar íntimo por meio da dança, de viagens, de uma reconfiguração profissional, de mudança de estilo de vida ou de cidade, tudo para desfrutar a abertura do portal de experimentação apurada dos sabores da vida. Tania acolheu tudo isso com a condução superior de quem a convidou a submergir-se no rio da própria existência. Foi o seu Eu Feminino que gritou com doçura pela integralização do corpo com a alma e com todos os seres ao redor. Foi a união genuína do amor que enlaçou o seu Ser.

Me refiro a esse tempo de encontro porque conheço Tania há muitos anos. Me lembro da líder séria, vestida de terninho, cabelos escovados e cheia de planilhas com metas e prazos a cumprir cuidadosamente, divididas em caixas ordenadas por áreas da vida. Tudo era bem planejado e calculado. Mas, como disse Guimarães Rosa:

"O correr da vida embrulha tudo: esquenta e esfria, aperta e daí afrouxa, sossega e depois desinquieta. O que ela quer da gente é coragem".

Após muitos movimentos e coragem para se (Re)conhecer, Tania vê seu reflexo nas águas do seu rio e percebe que sua imagem lhe devolve um sorriso confiante e incentivador para prosseguir, para continuar a caminhar, não como outrora, mas com leveza e fluidez nos movimentos, pensamentos e ações, atenta ao vento que adula os sentidos, às árvores que abrigam as angústias e ao calor do sol que aquece suas vontades. Tania se atreve e se abre para ouvir a voz da própria alma que já dança no seu interior, feliz pelas metamorfoses e libertação do seu ser.

O livro, feminino pela sensibilidade e força criativa, conta a história de Valentina, que sente no movimento das águas a organicidade do fluxo da vida. Nas margens do próprio rio, Valentina é acompanhada pela força feminina de Beneditina, Bel, Aurora Boreal, Josefina, das árvores, das águas e das flores que participam e fortalecem o mergulho para dentro de si.

Um encontro no rio dentro do rio não fala apenas da trajetória de Valentina. A narrativa nos faz refletir sobre a fundamental reconexão com a gente mesmo, com o encontro sublime de todas as mulheres que vivem e participam de quem somos. A maturidade nos torna mais contemplativos e artistas da vida, trazendo um olhar sensível para nosso entorno e nossas relações. Envelhecemos para consolidar e aperfeiçoar nossa personalidade, para dar sentido a toda a existência. Schopenhauer compara a nossa vida como um bordado que tem, na fase inicial, o lado a ser exibido e, na maturidade, o lado avesso, quando temos a oportunidade de ver com clareza os pontos de ligação de todo o bordado, como a nossa vida. Ver o avesso é uma possibilidade de libertação, aceitação e gratidão que depende, exclusivamente, do mergulho individual de cada um. Mergulhemos logo e sem medo nas águas dos nossos próprios rios!

Rachel Loiola

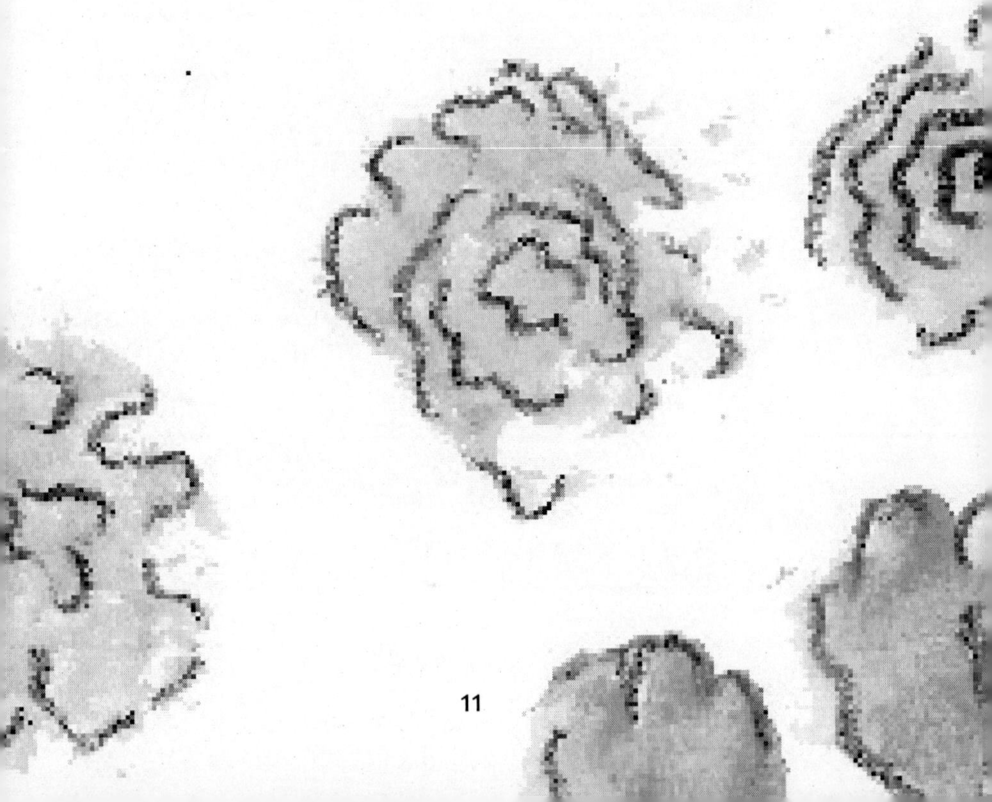

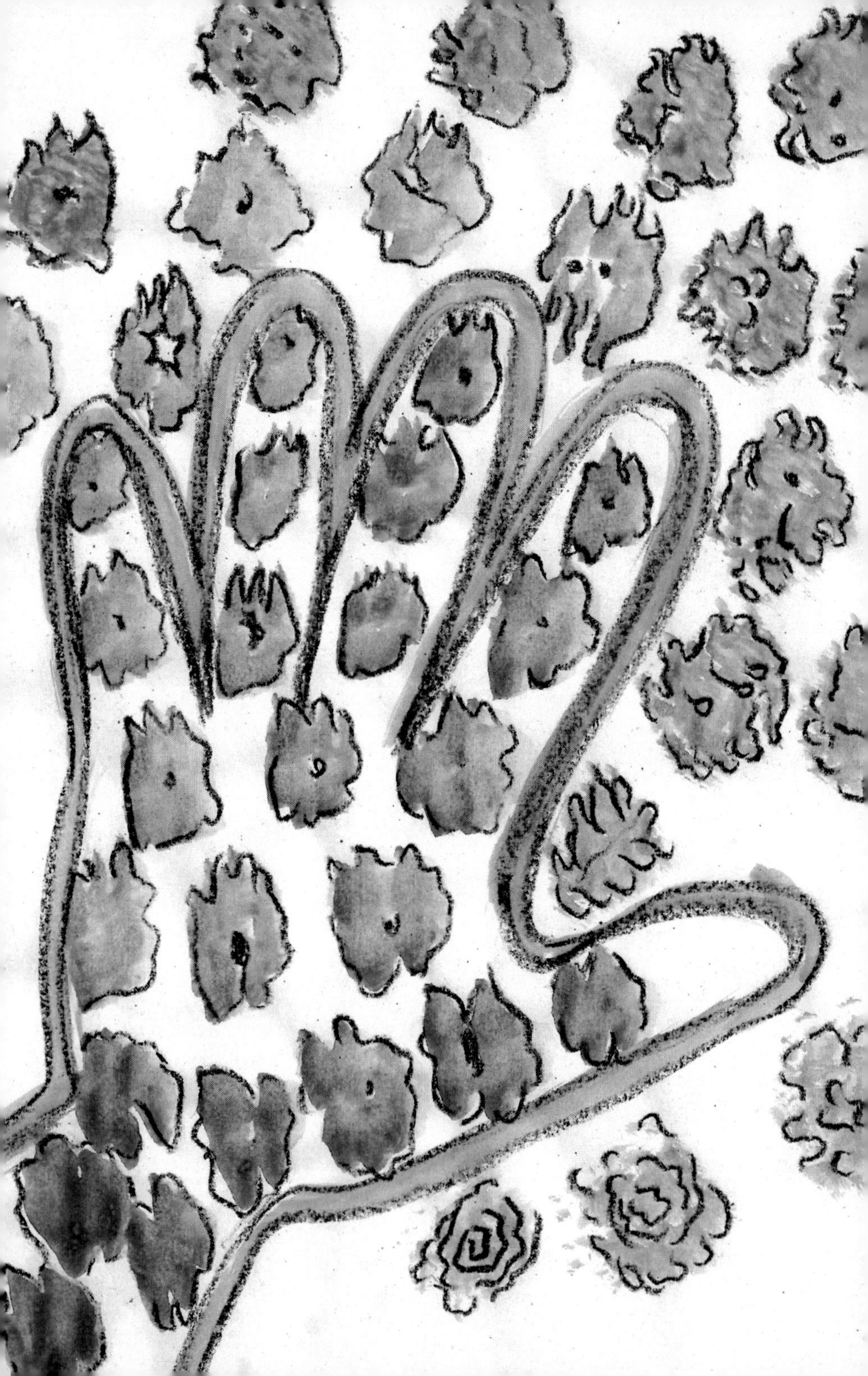

capítulo 1

A escrita da história ou seria uma declaração de amor?

Estávamos à beira do fogão a lenha – eu, Valentina; minha mãe, Beneditina; e minha amiga-irmã, Bel. Tomávamos café forte e compartilhávamos a broa de milho que ainda fumegava. Conversávamos sonhos, liberdade e transgressões.

– Em algum canto, neste exato momento, há amigas ao redor da fogueira. Mulheres de tantas aparências, tamanhos e cores de cabelo, olhos ou pele diferentes – comento.

– Minha turma é outra – diz minha amiga-irmã, sorrindo. – Estão em uma cafeteria charmosa, em alguma cidade cosmopolita conversando e tomando seus expressos – completa Bel. – Vejam, elas postaram esta foto.

Bel nos mostra a cena em um celular de última geração.

– Quem somos todas essas mulheres? – reflito em voz alta. – Somos aquelas que já correram ou que ainda buscam o caminho?

– Somos também outras que sequer têm tempo para se aquietar, tamanha a exploração, a insatisfação, a exaustão – complementa Bel.

– Também somos as que se sentem envelhecidas, quase invisíveis – lembra Beneditina, com a sabedoria dos seus 70 anos.

– Todas estamos com os pés no riacho, algumas mergulhando mais raso, outras atingindo profundezas. Que caminhos percorremos? Em que aspectos já envelhecemos? Quais vontades estão encobertas? Quais são os nossos medos? E raivas? – indago.

– E onde estão os homens? – pergunta Bel, minha amiga-irmã, à Beneditina, me desviando da rota das mil perguntas.

– Estão colhendo café – responde Bene. – Seu avô tinha muito trabalho, e eles resolveram ajudar na lavoura.

– E Aurora Boreal? – pergunto.

– Com os homens também – continua Bene. – Pediu para ajudar na colheita. Disse que era muito boa em escalada e que conseguiria subir nos galhos mais altos para ajudar a recolher os grãos.

– Aurora Boreal é mais a corajosa, livre e transgressora de todas nós. Um brinde a essa nova geração! – brinda Bel.

Tim-tim! Comemoramos ao som de canecas de alumínio.

– Por falar em coragem e medo, vocês acreditam que estou escrevendo uma história? – digo eu. – Que talvez se transforme em livro?

– Livro? Que novidade é essa? – pergunta Bel.

– Pois é...

Há meses acordo no mesmo horário. Por volta de duas horas da manhã. Uma urgência da mente. Um chamado da alma. Há meses tento dormir. Inutilmente. Um rolar na cama. Uma luta. Há alguns dias levantei-me. Acariciei meu corpo. Ele queria dança. Encontrei todos os meus diários de escritas vivas dos últimos anos. Percebi que sempre escrevera muito, mas, a partir dos 42, tenho escrito cada vez mais. Peguei meus cadernos – sete ao todo. Dei-lhes uns tapinhas para que também acordassem. Folheei-os. É isso. Precisamos contar uma estória. Sinto que não tenho escolha.

– Você não sossega – diz Bene. – Não para de estudar, ler, escrever... Sempre foi assim.

– É, mas agora parece que a escrita é diferente... Há cerca de um ano, uma anciã, Josefina, me soprou o útero. Isso mesmo. Um sopro de vida, uma semente, foi dado em meu útero-terra.

Para onde jorra a água que o útero-terra parece ceder após o sopro da minha velha amiga? Lembrei-me de que tinha feito essa pergunta à Josefina, mas ela não me respondeu. Agora, eu entendia. Naquele dia, no mergulho no rio dentro do rio, a parte ressecada da minha terra cedeu sua água para dentro do peito. E, de tanto gotejar, transformou-se de novo em um rio. Só que, agora, um rio de dentro. Água que me abre. Me flui. Isso, atravessada, ultrapassei limites, movimentei-me tanto dentro de mim que transbordei e, ao transbordar, precisei escrever.

Em meus cadernos, não cabe tudo o que tenho a dizer. Espremo a letra. Viro os cantos das folhas à procura de espaços. Tento, com post-its, organizar a profusão de vida que borbulha. Tenho um mundo de palavras aguadas querendo jorrar. A margem do rio é meu caderno.

– Para que você quer escrever? Para ensinar? – pergunta Bel.

– Para aprender – respondo. – Escrevo para transformar, sustentar. Escrevo para continuar chegando em mim, nesse gerúndio infinito. E habitar minha pele, meu corpo, minhas casas. Transmutar.

– E como você escreve essa história? – indaga Bene.

– Sento-me de frente para a janela aberta. Quase sempre na madrugada. O som do dia ainda não nasceu. Me encontro na quase vigília, no quase sono. Um estado onírico que fluidifica e refresca a escrita. Escrevo ouvindo As Quatro Estações de Vivaldi. No começo, uma homenagem às palavras de meu pai, Lux, que foram escritas e não foram lidas. Depois, virou um ritual: ouvir, ouvir e escrever, escrever. O corpo solto dança as estações. As quatro. Ao escutá-las, vivo-as. Da alegria do verão ao aconchego do inverno. Outono, sensação de entre. E a primavera, que faz florescer as palavras vivas. Ao sentir a música, o fio do pensamento se solta da cabeça e chega ao coração. Arrepia o braço e desce para as mãos quentes.

– E sobre o que é este livro? – pergunta Bel.

– É sobre uma história que é tão minha que mora em meus poros. Me invade, me sonha. Me cura. A história me lê, me observa, me acorda, me fala. Abre um portal em mim, talvez sem volta. Chego a ter medos.

– Medos de quê? – questiona Bene.

– Medo de fechar esse portal por dentro e me esquecer lá. E, aberta comigo mesma, numa solidão consciente, percorrer caminhos pouco conhecidos, instáveis e tomar gosto. Observo. Há sempre um estado que passaria por mim sem que eu desse atenção. Em alguns dias, sinto um aperto abaixo do peito. Parece indigestão, mas não é.

– Mas qual a camada de medo? Qual a nuance? – quer saber Bel.

Minha amiga-irmã tenta olhar por uma fresta de mim.

– Medo de me esparramar nesse espaço e não conseguir

me juntar. Medo de me fundir com as águas do rio. Medo de não encontrar as palavras.

– Como não consegue encontrar as palavras se você faz até discursos? – indaga Bene.

– Não são quaisquer palavras. Não são as teóricas nem as técnicas. São umas que me afetam, me atravessam o peito e derramam-se despudoradamente, antes sequer de eu as peneirar sobre a folha. E se as palavras forem uma declaração de amor? Essas que me chegam e nem são só minhas, me revelam, me desnudam. E se eu começar a transgredir, aparecer? E se eu não conseguir mais me vestir? E se eu parecer ingênua nessa idade? E se eu não conseguir pensar direito? Porque uma declaração de amor nunca é muito pensada. A intimidade das palavras me intimida.

– Parece que o amor que mora em você quer se mostrar – comenta Bene. – Por muito tempo você resistiu, tentou não sentir, tentou imitar seu pai. Só que Lux não era assim, esse era apenas seu modo de sobrevivência.

– Talvez essa escrita que se apresenta agora, neste formato mais poético, seja um exemplo de que você está aprendendo a amar – conclui Bel.

Tudo começou pela natureza, pelos bichos, pelos bichos-gente e pelas artes. Não necessariamente nessa ordem, mas realmente estou aprendendo. Pouco a pouco.

– Há dias em que me pergunto: quem sou eu para escrever?

– E o que será de você se não escrever? – devolve Beneditina, num voleio rápido, daqueles tipo pingue-pongue.

Esta escrita não me parece, de fato, um convite. Se não há escolha, se minha alma me pede, é convocação.

"Pincel que trabalha sozinho, mãos que escrevem guiadas pelo poder cósmico. Mãe divina que ilumina e traz energia e alegria para os processos que vêm. Abençoado seja este ofício que agora tens. Agradeça ao Universo a oportunidade de apalavrar o que é sentido. Siga firme. Neste lugar da escrita que agora transitas, há uma sacralidade. Devoção. Terreno sagrado em que muitas energias se movem."

Josefina

capítulo 2

Gênesis: o livro dentro do livro

Valentina

Eu, Valentina, fui uma criança sem ar, quieta, silenciosa, pacífica. Escondia-me em algum canto dentro de mim mesma. Achava-me feia e inadequada. E, quando quase me esquecia disso, as crianças maiores e os adultos menores me lembravam.

Apesar disso, cresci bem-cuidada e medicada. Dentro da água, o ar chegou aos pulmões. Nadava, nadava muito. Não fui uma menina muito menininha. Gostava mesmo era das ideias, meu corpo carregava minha mente. Lia, lia, lia. Estudava, estudava, estudava.

Quando brincava, fingia ser encaixotadora. Era a profissão do meu pai. Ganhei até um uniforme marrom igual ao dele. Amava tanto o uniforme quanto as caixas e, mais tarde, Lux. Fazia até pose para foto, toda enfurnada dentro do macacão quente. Como eu era muito ligada à família, tentava sempre agradar, principalmente a Lux, mesmo que fosse uma tarefa difícil, pois ele admirava uma arrumação perfeita das caixas.

Em minha casa e em minha família, a voz predominante era masculina. “Seu pai é quem sabe”, dizia minha mãe. “Pediremos dinheiro a seu pai”, respondia ela. “Vou falar com seu pai quando ele chegar...” A voz sempre era do pai e depois, muito depois, vinha a da mãe. A das crianças nunca era ouvida; suas vozes nem eram convidadas a sentar-se à mesa.

Na adolescência, dancei. Isto me trouxe uma brisa no corpo, no gesto, no olhar. Mesmo nutrindo preferencialmente a mente, a sensibilidade herdada de minha mãe, Beneditina, insistia em se apresentar. Sensível, portanto, comecei a ver e a ouvir, mas Beneditina tinha medo. Por isso comecei a fingir que não via,

quando via seres invisíveis

quando o invisível se tornava realidade

quando Beneditina abria os olhos, num susto, pelo assombro da alma.

No fim da adolescência, comecei a mostrar uma semente do que eu me tornaria: Valentina – valente, vigorosa, disposta, força feminina. Rebelei-me um pouco. Essa rebeldia não foi uma fase fácil para Lux e Beneditina. Nem foi por muito tempo sustentada por mim, pois eu tentava, mais uma vez, me encaixar num formato que acreditava ser adequado para mim. Informei-me muito, formei-me como devido. Enformada fiquei por um longo tempo. Juntei pequenas quinquilharias que julgava serem muitíssimo valiosas: elogios ao desempenho acadêmico, créditos à obediência cega, presentes pelo cumprimento de regras que andavam de mãos dadas com ameaças religiosas, doces por bom comportamento, afagos em um corpo silenciado e adoecido.

Fui recolhendo todas essas pequenezas ao longo do caminho e construí uma estatueta, acreditando que ela era eu. Acreditava no que os outros diziam sobre mim mesma e, ao chegar à fase adulta, tinha ainda mais recursos e títulos para enfeitá-la a ponto de parecermos reluzentes e convincentes a estatueta e eu. Íamos juntas aonde fosse. Durante um tempo, eu olhava para ela e suspirava aliviada. Ela se apresentava por mim.

Fui uma jovem extremamente achada, tanto que me perdi e me aprisionei às planilhas claras da fase adulta. Pensava, raciocinava, achava que controlava, decidia, trabalhava com prontidão e agilidade. Isso era suficiente.

Por volta dos 30 anos, com a estatueta recheada de belas e lustrosas armadilhas, conheci Enzo. Fiquei deslumbrada. Eu, que não conseguia me enxergar, fui vista pela lente de Enzo, que era do mundo. Até então eu seguia os conselhos de Lux, mantendo bem os pés no chão, mas voava carregada pelas histórias de Enzo. Por ele, pela primeira vez me apaixonei. Avassaladoramente. E com ele vivi uma bela história de amor.

Mudei de cidade para estar a seu lado e tê-lo sempre por perto. Deste amor nasceu Aurora Boreal.

Só que, em um dado momento, Enzo, o viajante, não quis mais permanecer no ninho, e sim passarinhar por outros pousos, outras paisagens. E para lá voou. Para nunca mais voltar.

Beneditina

Beneditina nunca gostou de seu nome. Detestava ter sido batizada em homenagem à avó. Ainda criança, ao mudar de escola, quando a nova professora perguntou seu nome no primeiro dia de aula, ela respondeu:

– Eu me chamo Tina.

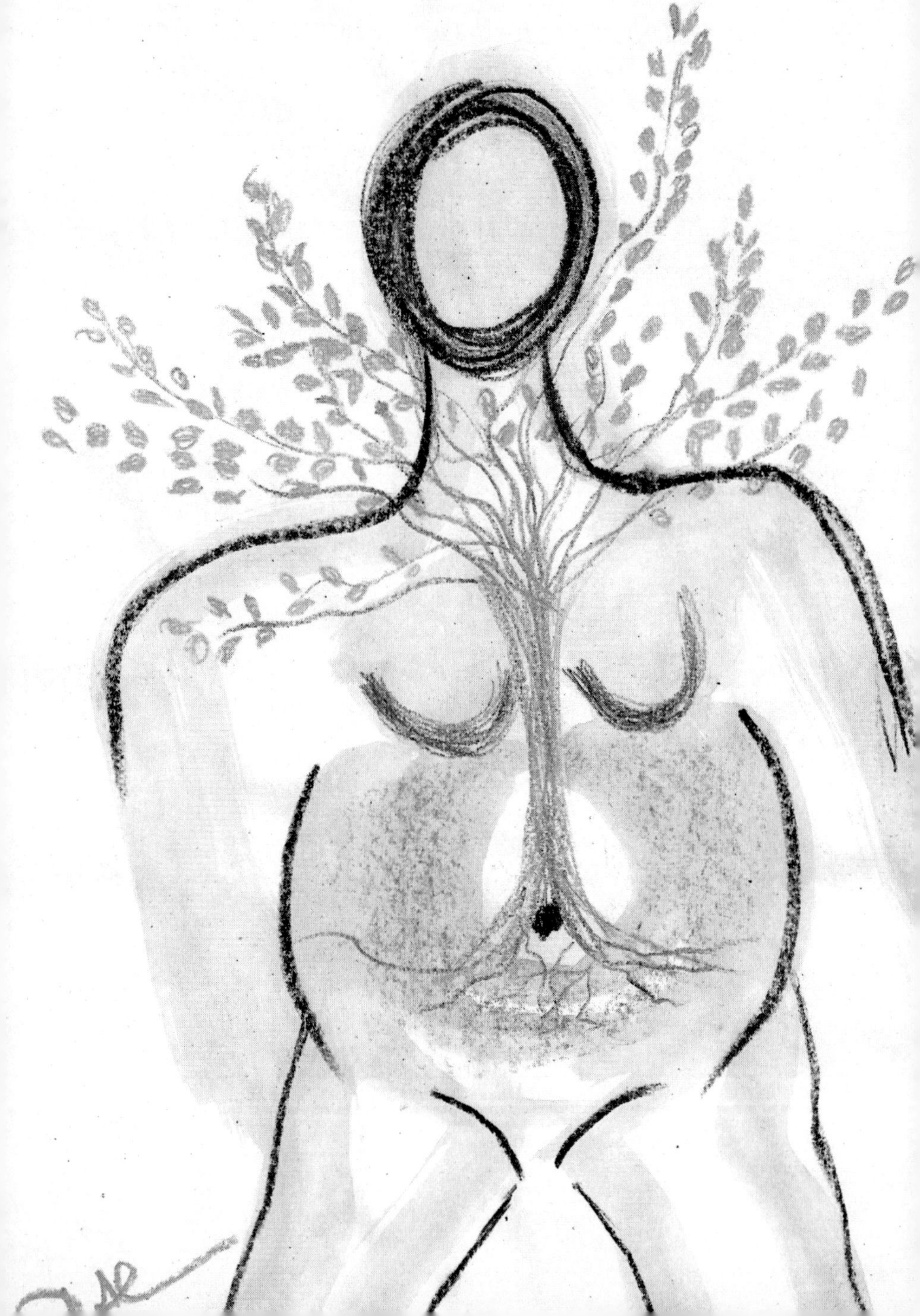

– Tina? Você tem outro nome? – questionou a professora, procurando, impaciente, seu nome na lista de chamada.

– Eu também sou chamada de Burra.

A professora, que não era nem gentil nem sensível, voltou-se para ela e disse em tom ríspido:

– És mesmo burra, não sabe sequer seu nome.

A partir daquele dia, Beneditina nunca mais aprendeu o que a escola tentou ensinar. Recusou-se a aprender a ler. Quando me contou isso, cada palavra de Beneditina fez meu corpo tremer. Senti vergonha daquela professora. Mesmo criança, eu já sabia que queria seguir essa profissão. "Será que foi isso: a professora aprendeu a ensinar, mas depois esqueceu? Ou será que não adianta aprender a ensinar se não souber amar? Ou será que para ensinar é preciso desaprender?" Estas questões até hoje caminham ao meu lado.

Beneditina, que gostava da vida e queria estudar plantas, desistiu. Para compreendê-las, passou a conversar com elas, todos os dias. Nada de folhas de cadernos. Muitas folhas de plantas. Gostava de todas, especialmente as folhagens rasteiras e quase imperceptíveis. Dizia que elas davam menos trabalho. Eram silenciosas.

Quando cresceu, queria um lugar seguro, muito seguro, para viver. Encontrou em Lux um abrigo e casou-se com ele. Dessa história nascemos eu, Valentina, e outros três filhos homens. Beneditina passou a cuidar das plantas, do marido e dos filhos, cozinhava em um caldeirão, assava bolo, fazia crochê, limpava a casa. Eram sempre limpas, cheirosas e organizadas, a casa e Beneditina.

Desse abrigo saía muito pouco, mas, às vezes, nas raras

fugas, encontrava um ou outro louco. Doido. Desmiolado. Era assim que ela se referia a quem era diferente de seu diminuto universo: a casa e o quintal. Ficava apavorada, petrificada. Vez ou outra, esquecia os filhos e corria. Vez ou outra, juntava os quatro filhos numa trouxa e apertava-lhes as mãos. Corria de volta para casa e fechava as cortinas. Certificava-se de que as portas e as janelas estivessem bem trancadas. Ia para debaixo da cama e se enrolava no cobertor.

Lux não parava muito em casa. Beneditina e os filhos estavam sempre lá; gostavam do quintal, das galinhas, da terra, da água da mangueira. Ela gostava de plantas e bichos, mas nem todos. Tinha pavor de uma salamandra que morava no jardim. Para seu desespero, eu aprendi a sibilar; emitia um pequeno assobio quando o ar soprava da minha língua. Beneditina se sentia rodeada de salamandras, sentia um arrepio. Quanto mais ela sentia medo, mais eu sibilava.

Uma coisa nos unia: éramos mulheres pouco visíveis e víamos invisíveis. Arregalávamos os olhos, tremíamos, ouvíamos, sentíamos os odores. Quanto medo. "Nada disso aconteceu, deve ser loucura", teimava ela. Então começava a rezar e se acalmava, já reclamando: "Olhe que bagunça essa casa!"

Beneditina não acreditava nos invisíveis. Eu também fingia que não acreditava. "Melhor a gente nem falar sobre isso; não vimos nada", dizia ela. Então eu engolia meus sentimentos. O medo, o susto, a curiosidade, a vontade de perguntar. Engolia tudo. "Melhor nem falar sobre isso."

Ela se preocupava comigo e cuidava de mim. Às vezes eu

ficava sem ar. Quando isso acontecia, Beneditina abocanhava meu nariz e jogava ar lá para dentro. Depois me benzia com arruda e funcho. Eu também tinha um jeito meio estranho. Levou-me ao médico, ao padre e à benzedeira. Nada disso remediou sua angústia. Deve ser só impressão. Ela é mulher, um dia encontrará seu lugar, pensava minha mãe sobre mim.

Respirou e fez um intervalo para o café com leite. Sentiu que pausou tanto os pensamentos quanto as tarefas. Os pés pareciam não tocar o chão. O leite devia estar estragado.

Mesmo que não gostasse da sensação, precisava andar fora da terra. Beneditina queria voar, subir além das nuvens. Certa vez conseguiu. Alcançou o ponto mais alto e conversou com os Altíssimos. Teve vontade de ficar por lá, mas era melhor voltar. Tinha uma família para cuidar.

Lux

Lux e seus sete irmãos nasceram em uma cidade iluminada. Aos 5 anos, já órfão de pai, sua mãe teve que reunir os filhos e fugir. Havia muitos segredos naquela família. Era preciso guardá-los a sete chaves.

A fim de esconder tantos segredos e manter a família santificada, as emoções de todos os membros foram demonizadas. Na adolescência, num dia em que ficou de castigo por longas horas, debaixo da cruz, debaixo de um sol escaldante, Lux percebeu que as emoções deixaram de movimentar-se dentro dele. Não havia mais caminho para elas.

Quando formou sua própria família, ele trabalhava do nascer ao pôr do sol com aquele uniforme marrom apertado que não absorvia o suor. Ficava duro como pedra dentro daquele uniforme. Mas encaixotava e separava caixas e mais caixas. Caixas grandes e pequenininhas. Algumas eram vermelhas, outras amarelinhas. Quase todas iguais. Fazia isso o dia inteiro. O mês todo. Durante quarenta anos. Gostava da ordem de fora. Se gostava da ordem de dentro, ninguém sabia.

No fim de semana, dava uma pausa nas caixas e ia morar no barulho, para se distrair. Algumas vezes lia, outras vezes escrevia. Só que os escritos ficavam escondidos.

Quando nasci, ficou um pouco desapontado. Desejava que o primeiro filho fosse homem. Ele era homem. Não sabia lidar com mulheres. Para decepção de Beneditina e meu desolamento, revelou isso claramente. Mesmo sendo menina, comecei a me aproximar de Lux e a aprender a lidar com as caixas. Separar, catalogar, classificar, encaixotar, descartar o que não era caixa. Lux se orgulhava disso.

– Caixas são estruturas – dizia ele. – Infalíveis.

Preocupava-se. Disciplinava. Evitava que o cuidado chegasse ao afeto físico. Não era dado a abraços. Em sua única tentativa de me dar um beijo, seu lábio sangrou. Apesar do pouco afeto físico, Lux fazia o melhor que podia. Dava conta das necessidades financeiras básicas, da manutenção da família, da cobrança social. Para suportar tudo, unia as mãos em prece.

– É preciso manter os pés no chão – aconselhava ele.

Imagino que a necessidade de tanta firmeza na terra era porque meu pai não enxergava bem. Passara a vida toda forçando a vista para ver as caixas de perto. Ficou míope. Enxergava muito pouco. Apenas de perto. Mas tinha sonhos para mim. Desejava-me uma vida boa, um trabalho em que fosse compromissada, dedicada, ética e dinheiro para manter as contas em dia. Achava que eu não era mulher para casar.

– Essa menina é muito bem-resolvida – confidenciava ele para Beneditina.

Lux tinha orgulho de mim, mas nunca me falou diretamente. Eu achava que ele não me via. Talvez pela vista ruim, eu pensava. Até comprou uma bicicleta verde, minha cor preferida, e me ofereceu para que eu, naquele momento uma jovem mulher, pudesse sair.

– A bicicleta é minha, mas pode usá-la quando quiser.

E eu fiquei feliz. Poderia aproveitar um pouco da juventude.

Foi então que ele anunciou a regra:

– Você pode usá-la desde que sempre fale aonde vai, quando vai e com quem vai. E desde que sempre volte antes das 23h23.

Andei de bicicleta algumas vezes e desfrutei do frescor do vento em meu rosto. Mas logo percebi que era falsa a sensação de liberdade. Pela primeira vez disse não a Lux. Devolvi a bicicleta. E saí de casa.

***

Lux ficou por um bom tempo, quase infinito, sem me ver. Sem falar comigo. As palavras lhe tinham fugido. Reapareceu em minha vida muito perto do nascimento de Aurora Boreal. Envolveu-se com os preparativos da chegada dela.

Estava presente. Estava feliz, como havia muito não se via. Embora tivesse desejado ser avô de um menino, logo se acostumou à ideia e até se iluminou quando soube da escolha do nome. A criança, a princípio, ia ser batizada de Luzia, uma homenagem a ele, mas Lux declinou, argumentando que não queria que a neta tivesse um nome que lembrasse o dele.

– O nome é uma responsabilidade e precisa ser uma escolha que brote do coração, não da cabeça – explicou ele.

Quando Aurora Boreal nasceu, Lux já não via quase nada com os olhos do corpo. Por outro lado, desenvolveu outros sentidos e conseguia enxergar até mais longe. Ele dizia que seu desejo tinha se realizado:

– Meus olhos estão mais perto do coração.

Aurora Boreal teve o privilégio de desfrutar do amor do avô. E ele aprendeu a dar e a receber o afeto da neta. Jogavam bola, corriam pela grama, desenhavam, brincavam de voar na vassoura, vestiam-se com fantasias, liam histórias. Lux parecia ter se revigorado como avô. Parecia enxergar como nunca. "Vovô, o senhor joga futebol?", perguntava Aurora Boreal. "Vamos andar de bicicleta?", sugeria ela. "Tira uma foto comigo?", pedia, propondo as poses: ele com tutu, num passo de balé; ela de quimono, na postura de lutadora.

Eu observava de longe e quase não acreditava no que via.

Pouco tempo depois, Lux parecia cansado. Sentia-se frágil. Não conseguia mais brincar. Mas, durante um momento, juntou toda sua energia e pediu que eu o levasse para perto do mar. Queria molhar os pés. Queria despedir-se da praia.

– Ora, pai, para que falar disso? – indaguei, irritada. – O senhor não vai morrer. Deixe de bobagens.

Eu não queria que aquelas palavras fossem pronunciadas. Mas atendi a seu desejo e levei meu pai até o mar. Ele, que sempre me intrigara, que me instigara e que aprendi, com o tempo, a amar. Era um sábado de primavera, primeiros raios de sol do dia. Disse a Aurora Boreal que aquela era a praia onde vovô nos levava na infância, a areia branquinha e as águas azul-esverdeadas. Nós três nos demos as mãos, de forma amorosa. Caminhamos muito lentamente. Enfiamos nossos pés na água gelada. Um mar de águas bravas e cristalinas. De mãos dadas, demos um mergulho, nos perdoamos. Agradeci o que ele deixou em mim:

– Papai, obrigada pela ética, pelo compromisso, pelo senso de responsabilidade. Sigo com eles, deixo as caixinhas para trás.

Lux, pela primeira vez, chorou.

Tum-tum. Tum-tum. Tum-tum... Tum-tum... E morreu.

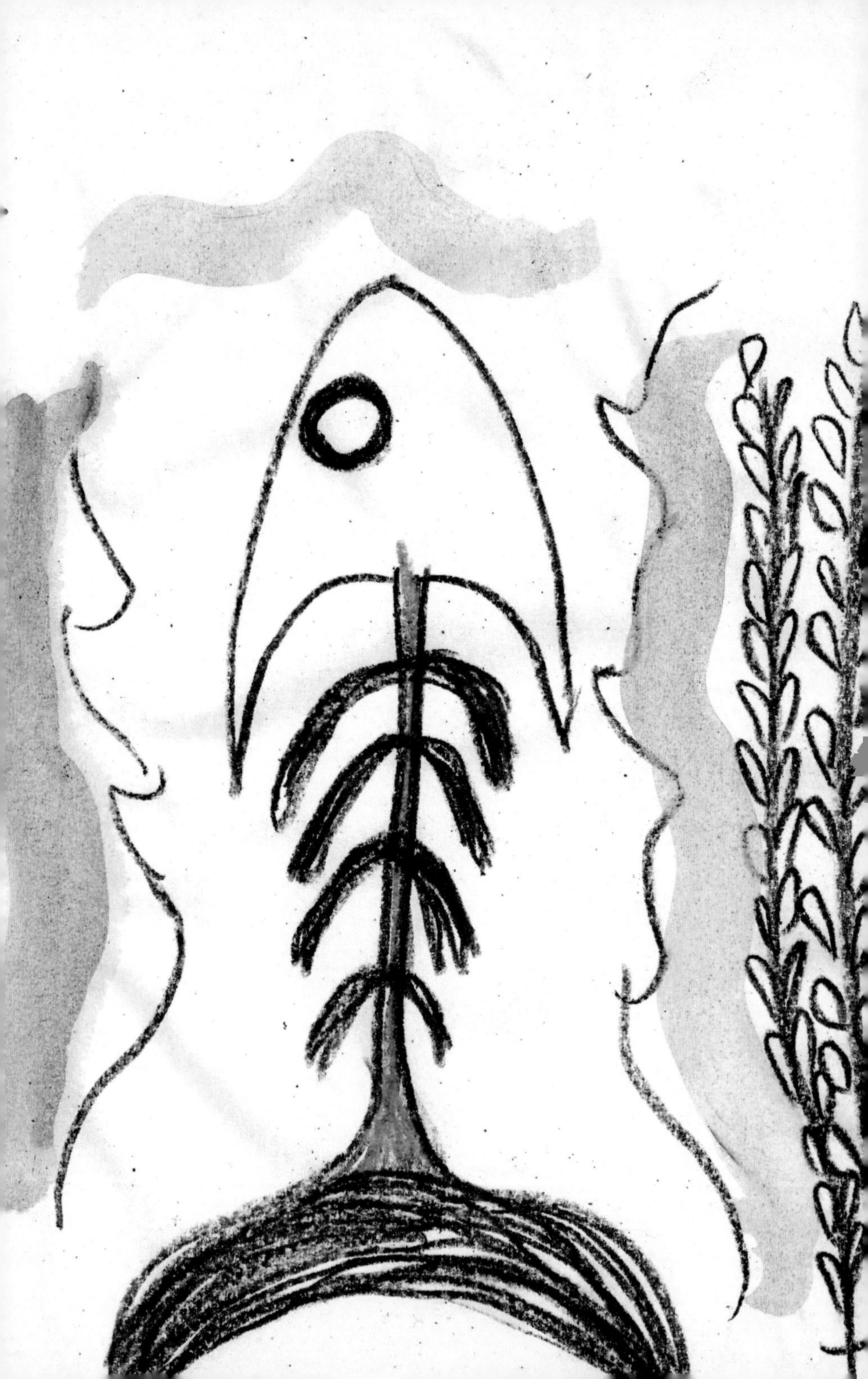

Capítulo 3

O momento quebra ossos

Com a morte de Lux, o desamor me atingiu. Na expectativa de um recomeço, eu e Aurora Boreal partimos para Serrinha, uma cidade de paisagem desértica, seca, densa, árdua, espinhosa, infértil. Uma cidade estreita, com hábitos rígidos e famílias de nome.

Apesar do cenário, eu me apoiava no sonho de Lux. Fui efetivada. Poderia me instalar ali, de forma bem-estruturada. Nos primeiros anos, me dediquei ao trabalho como havia aprendido com meu pai. Comprometida, com as ferramentas intelectuais de que dispunha, com esforço. Apesar de ter tido algumas experiências negativas, acreditava no meu ofício.

Passado o entusiasmo, comecei a andar olhando para o chão, a ter muito medo de cair e vir abaixo. Esquecia que, acima, existia o Alto. Parece que me acostumei com o olhar aterrado e os pés plantados. Por dentro, me arrastava. Carregava vergonha, culpa.

– Como posso me sentir assim quando tantos se sentiriam confortáveis e aliviados?

E de tanto me arrastar quebrei os pés. E sofri. E doeu. Foi muito difícil juntar os ossos.

Ainda tentei, mesmo mais lenta, mas ainda obtusa, continuar meu trabalho em Serrinha, presumindo minha própria relevância. Mas, ao ultrapassar meus limites (que até então desconhecia), passei a conviver todos os dias com o arrastamento. Com crises de falta... falta de afeto, de desejo, de respeito. A falta de ar voltou. Fui encolhendo, fui me arrastando, fui me acuando num canto, até quebrar os pés novamente... Desta vez, sequer percebi que os havia quebrado. Já não sentia mais a dor. Se sentia, não a reconhecia. E, não sentindo, não esperei os ossos se juntarem. Fiquei com os pés disformes.

Quando a habilidade de sentir se aproximou de mim, explodi de medo. Era um momento de denso calor de um ano incerto. Pesado. Não me reconhecia nos olhos dos moradores de Serrinha. Temia por mim e principalmente por Aurora Boreal. Havia uma risada no ar. Uma mulher havia morrido. Ela era uma liderança importante daquele lugar e tinha sido calada. A sensação que eu tinha é que, por causa do desacerto dos passos, as pessoas de Serrinha pisavam-lhe o corpo e comemoravam. "Se fazem isso com ela, o que farão comigo? Conosco?", pensei.

Tive vontade de virar pó. No desespero, para não morrer, mas já quase morrendo, minha alma implorou, e fugi para a floresta. Precisava de mais espaço. Precisava plantar os pés disformes na terra. Precisava recuperar minhas partes. Tomei uma decisão que não me pareceu racional. Não havia planilhas.

– Preciso fugir. Vou para a floresta – decidi. E, sem pensar, de mãos dadas com Aurora Boreal, levei meus pés e fui.

Capítulo 4

A ida para a floresta

Cheguei à floresta me arrastando, com rigidez corporal e dureza na alma. Sentia-me colada no chão. Com medo de cair. Quanto mais me tensionava para caminhar, mais limitado ficava o movimento. Era desafiador mudar o passo, já que eu mal conseguia respirar embalada pelo medo.

– Já morri emocionalmente,
energeticamente,
espiritualmente.
Será que agora morro o corpo?

A cabana

Ao chegar à floresta, instalei-me em uma cabana de madeira, que ainda estava em construção. Logo me arrependi e achei-me louca: "Como viver em uma cabana tão pequena e, ainda por cima, inacabada?"

Eu, que cresci acostumada com as linhas retas e previsíveis das caixas e rodeada de distrações como planejar, medir e controlar, de repente, me vi dentro do caos. Caos fora e caos dentro. "Onde eu estava com a cabeça? Vir para esse lugar longínquo, morar em uma cabana diminuta, sem estrutura. Longe de tudo e rodeada de amontoados de bichos?", perguntei-me.

Nos primeiros tempos, eu me sentia tão exaurida que passava muito tempo dormindo, tentando ler umas letras cansadas e observando a reforma da cabana. Eram toras de madeira de demolição em diferentes tamanhos, espessuras e cores, todas empilhadas do lado de fora.

– Como vou organizar isso? Por que o dono da cabana não optou por uma construção de tijolos? Tijolos são tão fáceis de empilhar, ocupam menos espaço, são mais óbvios, mais retos... – suspirava, contrariada. E, mesmo contrariada, eu procurava ar.

O velho Mario, o senhor da construção, abria um amplo sorriso desdentado.

– Calma, "fia", você vai ver quando estiver pronto. Vai ficar uma beleza.

E eu olhava e, no começo, achava o Seu Mario tão lento que comecei a buscar aleatoriamente pedaços de madeira e deixar mais perto dele, a fim de agilizar a tarefa.

– Veja, estou trazendo algumas toras para andar mais rápido.

E ele ria de novo, ria solto, o corpo ria junto e ele dizia lentamente:

– Não adianta pegar qualquer pedaço. Preciso olhar primeiro. A madeira conversa comigo e me conta qual deve ser a próxima.

Desisti. Cada madeira que ele escolhia parecia se encaixar naturalmente naquele espaço. Como um fractal, em que cada forma e cor pareciam encontrar-se com o ângulo de outra tão perfeitamente, formava-se uma geometria harmônica que chegava a comover. E Seu Mario, que mal sabia escrever, dominava este ofício que me parecia exigir o conhecimento de complicadas equações matemáticas. Para cada madeira encaixada, ele dedicava um momento de contemplação. Em alguns deles, de olhos fechados, Seu Mario passeava a mão grande e calejada pela madeira.

– É para ler as paredes – explicava ele.

Aurora Boreal passava bastante tempo perto do senhor da construção e ganhou a função de ajudante. Ele guardava amor por ela. Aurora, concentrada, recebia suas pequenas lascas de madeira para preencher as minúsculas frestas que porventura restassem. Recebia sua tarefa como um precioso tesouro, olhava, lixava, entregava para Seu Mario lasquinhas muito finas, quase transparentes. Eu assistia a tudo perplexa, comovida, tentando reaprender as velocidades de fora e de dentro. Não era fácil.

Em uma manhã longa e chuvosa, Aurora Boreal deixou cair vários ciscos de madeira no chão que eu havia acabado de limpar. Quando vi, uma roda de emoções atropelou-me e, enfurecida, esbravejei com ela. Lancei um olhar de cão raivoso. Chorosa, Aurora Boreal olhou para Seu Mario e pediu desculpas. Ele a abraçou e me disse:

– Perto de mim, a senhora não fala assim com ela.

Desculpei-me e senti a dor de uma topada no dedinho mindinho me cutucando o fígado. Comecei a me sentir mal. Seu Mario percebeu e apareceu com um amontoado de boldo, o suficiente para toda Serrinha.

– Para que tantas folhas?

– Para a multidão de raivas que moram aí dentro. Prepare um chá, vai ser bom.

Ao fazer a infusão, percebi que tanto o chá quanto eu estávamos menos amargos do que o habitual e comentei com meu agora amigo:

– Por que não sinto o boldo tão amargo?

– A senhora pede ao pé, antes de pegar suas folhas?

– Não – respondi, um pouco atordoada.

– Pois é isso, tem que pedir.

Pequenas caminhadas

No começo, qualquer movimento me doía. Andar descalça era um desafio para o corpo. O contato do pé com a terra, com as gramíneas e os pedregulhos, era como estar numa grande romaria. Comecei a sentir pelo pé. Ele me sangrava as dores.

O caquizeiro

Era um dia de outono quando, ao contemplá-lo, o escolhi, e ele me acolheu. Neste dia, vi e toquei, pela primeira vez, o pé de caqui que morava ali perto. Vi suas folhas em nuances amarelas, avermelhadas, marrons. Toquei seu tronco. Senti sua forma. Fiz uma reverência e lá me instalei. Eu o visitei todos os dias e vi todo o fluxo do outono. Vi-o completamente nu no inverno. Sem folhas, o tronco liso, os galhos expostos. Abracei-o, na tentativa de lhe oferecer uma pele. O caquizeiro tornou-se meu companheiro de solitude nas estações daquele ano. Ele era minha ligação com o ritmo da vida naquele momento lento.

O encontro com os passarinhos

Aurora Boreal, logo que chegamos à floresta, encontrou, em um canto da mala, uma casinha de passarinhos que foi um presente de Lux. Insistiu para que a pintássemos e a reformássemos. Ficou linda. Nós a penduramos no pé de pera, em frente à nossa janela. Desde então, passarinhos apareceram todos os dias. Aurora Boreal observava e os reconhecia e passou a atribuir-lhes nomes por suas características: Amarelinho, Sapequinha, Azulão, Asa Prateada, Lorde, Vermelho, Mascarado, Rabo Longo, Bico Afiado, Manchadinho... Mais de dez espécies diferentes nos visitavam diariamente. Ficávamos muito tempo olhando para eles e, quando me dei conta, meus pensamentos se desfaziam no ar, junto com o voo deles. No princípio, vi os pássaros, depois os apreciei, e finalmente passei a enxergar seus voos.

A alma no riacho

Outra prática que se tornou cotidiana foi ir ao riacho... No começo, entravam somente meus pés. Apreciava momentos para observar a água. A água... sua cor, sua transparência, seu vazio, seus movimentos fluidos, contínuos e circulares. A água que insiste em circular. A água dança incessantemente e forma esferas que se ampliam, ampliam, se abrem. Depois passei a mergulhar todos os dias na água gelada, silenciosa e viva. O riacho que me acordava os sentidos, fazendo com que por um segundo eu quase perdesse a mente. Passava um segundo só sentindo. Quase uma eternidade. Um encontro com minha alma.

A florzinha da ciboulette

Aurora Boreal pega um fio de lã vermelha e sai em disparada para o bosque. Parece procurar algo. Finalmente dá um laço em uma florzinha de ciboulette, entre inúmeras espécies.

– É uma tarefa muito legal da minha escola: preciso desenhá-la e não quero perdê-la no meio das outras.

– Você vai desenhar essa florzinha tão simples? Por que não a orquídea?

Nos dias que se seguiram, acompanhei Aurora Boreal em sua tarefa. Por dez minutos ela ficava sentada na grama, com as folhas e o lápis em punho, desenhando mudanças muito sutis. No primeiro dia, enxerguei a florzinha roxa que a encantara, ainda bem fechada. Parecia aguardar o momento ideal para mostrar-se. No segundo dia, não vi mudanças, mas Aurora Boreal me repara:

– Não vê que a cor da haste perto da flor está mais escura?

Parece que os adultos não enxergam muito bem mesmo. No terceiro dia, mudou o movimento da haste; verticalizou. No quarto, a flor começa a se abrir bem devagarinho. No quinto, percebo que sua lateral esquerda estava contida, embora quisesse se mover. Havia uma resistência, parecia estar presa por uma casca de cebola. Neste dia, senti que tinha o olhar mais sensível, parece que enxerguei melhor.

No sexto dia, senti um aperto no peito.

– Será que a flor conseguirá se expandir?

No sétimo dia, finalmente a ciboulette se libertou da casca, desabrochou. É preciso confiar na natureza. Respiro aliviada. A ciboulette me vê. Quando olho para ela, ela me encara de volta. Quanta intimidade foi construída ao observar seu movimento.

Caminhadas para dentro

Com o passar do tempo, pés mais fortes e necessidade de ares, me deu vontade de ir além dos limites da cabana, mesmo com medo dos bichos, dos sons, do silêncio, da bruma que pairava no raiar do dia e no fim de tarde.

A cabana ficava entre as montanhas, num caminho de terra. Pequenas estradinhas serpenteavam o vale. E fui me aproximando devagarinho da floresta. Ainda não entendia que a floresta me habitava. Eu achava, ingenuamente, que ela era as folhas todas que moravam fora da cabana. Desde as pequeninas samambaias até os enormes pinheiros.

– Como habitar esta paisagem?

Comecei com pequenas caminhadas, desbravando de perto. Caminhada de fora e caminhava para dentro. Os pés pisavam na terra, a alma acessava camadas, abrindo pequenos espaços. Mas, na medida em que eram ocupados por mim, não havia mais volta... estavam em clareira. Não haveria mais chaves suficientes para fechar-me em meu quarto escuro.

E, aos poucos, apareceram novas plantas, bichos, verde. Quantos verdes! E meus desejos, mesmo caminhando por percursos complexos, queriam mais e mais. Preferiam o longo ao curto, as profundezas à superfície. Eu acordava cada vez mais cedo para apreciar, observar, meditar.

Dos sopros em meu ouvido 1

"Acalme-se. Viva o caminho. Ame-se. O processo de busca é exaustivo. Conhecer-se, curar-se, buscar-se, tornar-se desperta, estar vulnerável. Este é um caminho sem fim. Acalme-se. Apenas viva. Descanse. Atividade sagrada é a compaixão."

Os livros

Coincidentemente, na floresta brotavam também livros, eu os colhia e de suas páginas nasciam poemas. Ao ler alguns deles, as letras, que antes me alcançavam apenas na mente, começaram a chegar ao corpo. Não mais fontes de informação, agora eram um convite ao sentir. Ao ler, eu muitas vezes sentia arrepios, cheiros, tremia, gesticulava involuntariamente, salivava, chorava sem saber ao certo o porquê. Estava consciente do movimento em minhas entranhas. Estranhas sensações.

Da luta à dança

Tenho observado que minha forma de caminhar está mudando. Se antes eu firmava bem os dedos no chão até ter certeza de que meus pés estavam bem plantados na terra, e os segurava até quase paralisar o passo, agora, não mais. Os pés caminham mais soltos, confiantes em mim, as ancas dançam e se soltam e, como consequência, me sinto mais segura. O fato de tentar agarrar-me a qualquer custo, como tentativa ilusória de controlar o passo, parece não ser mais um recurso válido como acreditei até então. Posso soltar-me, mesmo que seja pouco a pouco. Posso me entregar à caminhada e confiar na sabedoria de meus músculos, articulações e fáscias. O caminhar mais solto não é uma ameaça. Pelo contrário, às vezes até protege do tombo, pois pode, no meio do passo, ajustar o movimento do corpo, caso seja necessário. Ou pode tornar a queda por vezes inevitável, num deslocamento que não me quebre os ossos.

Carta à Beneditina

Querida mãe,

Espero que todos estejam bem aí nos Horizontes. Por aqui, estamos eu e Aurora Boreal instaladas em uma pequena cabana isolada, no meio da floresta.

Meus dias têm sido invadidos por conexões com a Natureza (árvores, grama, passarinhos e até mesmo uma florzinha de ciboulette). Além disso, estou conectada aos planetas, ao Sol, à Lua, às estrelas, à água. Passo uns bons momentos observando as nuvens e atribuindo-lhes formas. Sinto a energia que entra pelos poros, invade meu corpo, me arrepia por inteiro. Uma força que me comove e me move o tempo todo.

Lembra-se daquelas experiências que vivíamos e sentíamos juntas na minha infância e adolescência, mas que tínhamos que manter em segredo porque envolviam fenômenos que não tínhamos condições de explicar? De fato, são muito potentes. E não posso mais contê-los. Não há como segurar os fluxos.

Estou também olhando de perto minha trajetória e minhas práticas. Não sei se quero mais as "caixinhas". Sim, eu sei que gostava delas e me sentia segura. Mas e minha instabilidade? Como vibrar e deixar fluir? Quero me permitir o novo. Envolver-me apaixonadamente em ações voltadas a transformações. Não quero simplesmente repetir o que já acontece. É claro que estou com medo. E tenho ainda muitas perguntas a serem respondidas em relação a este aspecto.

Ero

Insight

Lembro-me da senhora dizendo, desde que eu era criança, que sempre prefiro caminhos complicados. Penso que sou corajosa, flerto constantemente com as profundidades. Ou seriam abismos?

É, dona Beneditina, não tenho mais tempo para distrações. No cotidiano, não me permito mais excesso de tarefas ou me entorpecer para não acessar as emoções. Estou criando espaços e tempos para me deitar na grama, caminhar, meditar junto ao caquizeiro.

Tenho também conversado muito com Aurora Boreal. E, antes de falar, tento ouvi-la. Ela tem muito a dizer. Tem se expressado cada vez mais. Vive fazendo perguntas e me faz refletir sobre questões pouco óbvias. E eu escuto. Sinto que a maternidade neste momento se torna ainda mais desafiadora, sai do piloto automático e vem acompanhada de um ativismo.

Tem horas que dói. Sinto todo o corpo. Meu corpo que não é mais uma máquina que carrega a mente. Muitas vezes sinto um buraco no peito. Chego a ter medo da morte.

Ser honesta comigo mesma também não tem sido fácil. Olhar para dentro, encarar as sombras, perceber-me e reconhecer-me.

Muitas vezes não gosto do que vejo em mim. Mas sei que este processo é necessário e agora me sinto confiante para ser. Ao mesmo tempo, diante das brumas, tenho a sensação de que só enxergo um palmo à frente do nariz. Uma visão sem resolução, sem clareza. A ambiguidade e as incertezas caminham comigo.

E a senhora? Me conte, o que tem feito? E as plantinhas, continua conversando com elas? Tem bordado muito? Cozinhado?

Espero revê-la em breve. Venha nos visitar. Preciso de mãe e Aurora de vó.

Valentina

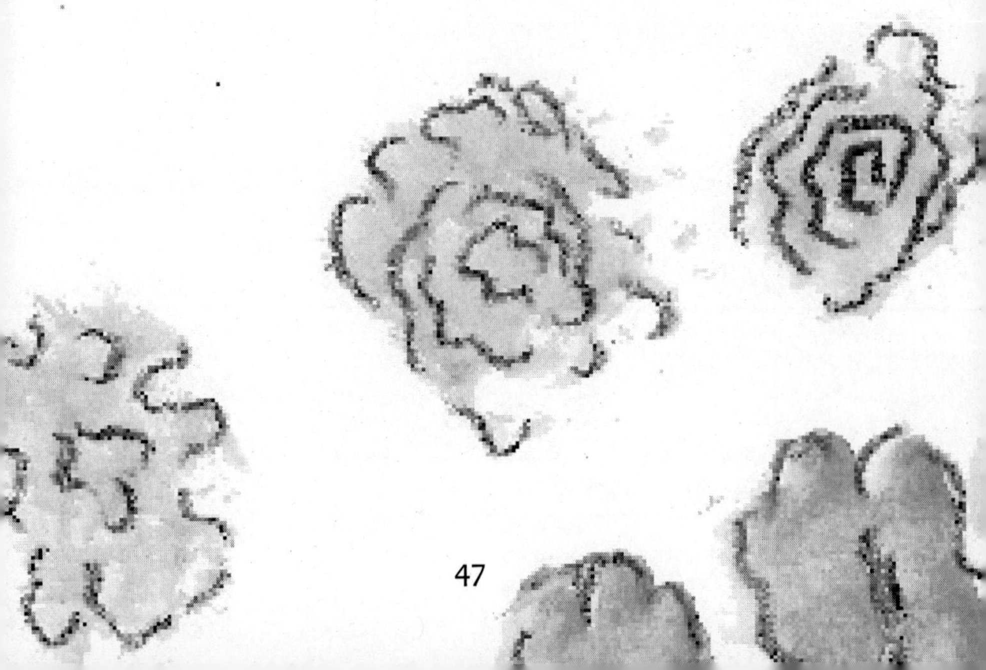

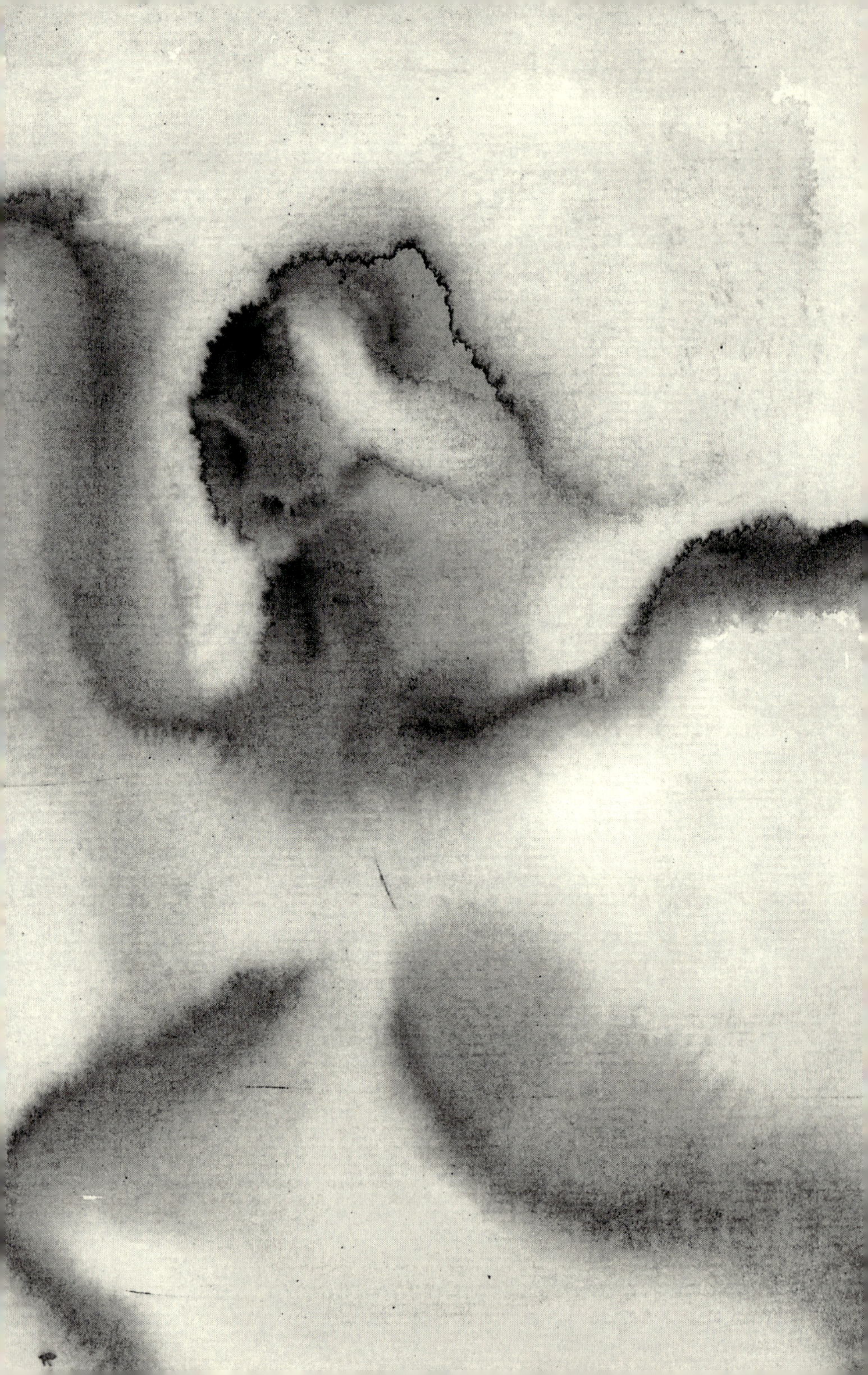

Capítulo 5

O encontro com os paradoxos

E o tempo seguia, na floresta, e o que antes em mim era rígido começava a se abrir. O controle cedia um pouco para o respeito e a apreciação dos ciclos da natureza. Permito-me, solto-me, lanço-me. Tudo se transforma em movimento.

O olhar de Aurora Boreal

Eu estava sentada ao lado de Aurora Boreal, lendo um livro sobre educação infantil, enquanto ela brincava na grama. O livro falava da necessidade de observar os filhos e estar com eles. E ela me chamava para ver algo. Eu lia o papel que falava que tinha que olhar para o filho. Demorei a me dar conta da contradição. Quando finalmente olhei, Aurora estava deitada, com a lupa que tinha herdado de Lux em punho.

– O que você está vendo?

– Um universo inteiro – respondeu ela. – Quer ver?

– Sim, vejo a grama.

– Olhe bem! – exclamou ela, e apontou a lupa.

– Não é possível! – Arregalei os olhos e vi um mundo de vida, centenas de formigas, minúsculos grilos, larvas... uma multidão quase invisível.

Aurora Boreal abre um sorriso de quem encontrou olhos cúmplices. Eu fecho o livro e encaro minha filha. O olhar dela é como um farol me apontando direções. Nas caminhadas pela floresta, ela vive descobrindo algo. Todo dia é novo. Sempre cabe uma nova descoberta: ser encontrada por uma flor, uma folha, uma pedra, um inseto, um graveto.

É um olhar, o seu olhar, que não se acostuma. Como não se acostuma, vê, desnuda pacientemente. E meu olhar passa a olhar para a olhada de Aurora Boreal. O que ela vê? Na existência cotidiana que estabelecemos na cabana, nas caminhadas, nas tarefas, nas contemplações, no cuidado das plantas, no cuidado com os bichos, há eternas novidades, há poesia.

"Como será que Aurora me vê?", penso, e um frio me percorre a espinha.

Aurora Boreal vive a liberdade

Morar na cabana dentro da floresta era pura alegria para Aurora Boreal. Vivia com o olhar extasiado. O joelho ralado. O experimento do corpo. Os perigos de se viver intensamente. O frio na barriga para ela era pura fruição.

Nos momentos de mergulho no riacho, se jogava.

– Posso usar sunga, em vez de biquíni?

– Por quê, minha filha?

– Porque é mais confortável.

– Bem... Não está dentro das normas, mas....

– Quer dizer então que estou contra a lei?

Respiro fundo. Quase me falta ar. A cabeça gira até quase dar um nó.

– Não, filha, às vezes é a lei que está contra a gente.

Minha alma, meu espírito, pelo espanto, se movia um centímetro. Quase nada. Muita coisa.

Gênesis Aurora Boreal

– Mãe, quando você estava grávida de mim, sabia que eu era menina?

– Não. Naquele tempo, já estávamos mais evoluídos e não se faziam exames para saber o sexo biológico. Isso não era determinante. Nascia a pessoa, e pronto. Por quê?

– Porque gosto de ser gente!

Em nossa caminhada juntas, minha antiga compartimentalização de caixinhas colapsou.

Aurora Boreal: fenômeno raro, inebriante, multidimensional, encontro do sol com a atmosfera.

Os cavalos

Um dia, nas caminhadas pela floresta, quando eu imaginava um veículo que nos permitisse locomover para mais longe, Aurora Boreal enxergou, a distância, dois cavalos selvagens. Fiquei petrificada. Sempre tive medo de animais, um medo daqueles que a gente carrega no inconsciente desde a mais tenra idade. Um medo irracional, que coloca a gente em risco.

– Podemos cuidar desses cavalos? – perguntou Aurora, calmamente.

Trêmula e pálida, com as mãos suando frio, respondo:

– Filha, são selvagens...

– E se eles quiserem?

– Como vamos saber?

Os cavalos se aproximaram.

– Que tipo de cavalos são? – indaguei, pensando em prováveis raças e sexos.

– São do tipo amigos – disse ela.

O cavalo dourado Aurora batizou de Meio-Dia. O preto, da cor do carvão, de Meia-Noite.

A construção da carroça

Lentamente, comecei a construção da carroça. Feita à mão, com formas arredondadas, geometria sagrada. Uma carroça não é só uma carroça. Não é uma máquina.

Foi necessário um ciclo lunar para construí-la. Lembrei-me dos ensinamentos de Seu Mario: paciência, olhar amoroso, enxergar o todo para que pudesse ter resistência, conforto, estabilidade, equilíbrio. A carroça deveria estar em harmonia com os cavalos, pois ela e as percepções que eu teria sobre ela se relacionariam com a natureza instintiva deles.

A natureza da caminhada de Meio-Dia e Meia-Noite

A caminhada dos cavalos parece, à princípio, uma pequena rebelião de patas. Movimentos aparentemente caóticos. No trote de Meio-Dia há alegria, afeto e fúria em curtas passadas, que lembram pequenos saltos de balé. Já Meia-Noite cavalga de forma mais disciplinada, linear e firme.

– Como essas duas passadas completamente diferentes conseguirão levar a carroça?

Quando me coloco na condução, percebo-me incapaz de guiá-los. Cada cavalo parece querer a carroça para si. É uma queda de braço – se tivessem braços. Tento conter as rédeas, amarro-as no pulso, tensiono os ombros, os braços, os punhos, as mãos, os dedos, a nuca, a mandíbula e a língua.

– Seria melhor separá-los? Deixar que apenas um dos dois puxe a cada saída?

Aurora insiste em tentar conduzir. Sobe na carroça, respira, se equilibra de pé, pega as rédeas com firmeza, mas sem esforço excessivo, mantém uma postura estável. Com a cabeça erguida, sorri e cumprimenta os cavalos.

Um puxa. O outro faz a contraparte. No movimento, eles se encontram. Nunca caíram no abismo.

Chuva

Ao conversar com Aurora Boreal, falamos da seca, do fogo que lambia a mata naquele dia. Dormi preocupada. Eu conhecia as paisagens áridas de Serrinha. Queria distância das queimadas. Após fazer uma prece, entrei num estado de repouso. Dormi no vazio. Ainda sem acordar, a alma escorreu líquida. Senti-me resfriar. Choveu dentro. Ao me dar conta disso, abri os olhos. Chovia fora. Eu chovo. Me molho. Ela chove. Estamos juntas. Somos uma só. A chuva e eu. Natureza de fora é natureza de dentro.

As brumas

Minha convivência com as brumas não foi fácil. No início, sentia-me paralisada quando a bruma chegava cheia de mistério. Fechava os olhos diante de sua imagem indefinida, borrada em nuances.

À medida que me movimentava, entendi que a bruma era necessária. Passei a não resistir aos lugares indefinidos em mim. Ela surgia vagarosa e insidiosamente. Anunciava mudanças, integrava-se à paisagem e, finalmente, se dissolvia.

O que é vivo é bruma. Olhei para o nevoeiro que habita em mim. Encontrei minha mente buscando verdades estáticas, expectativa, controle, dureza, julgamentos e muita vaidade. Flertei com abismos.

Quem sou quando não sou meus títulos? Me desconheço.

Numa manhã, após uma prática que envolvia som e silêncio, me senti perdida de mim. Aprofundada em meu vazio. Quem sou eu quando não sou meu trabalho e meus títulos? Me desconheço. Ao me dar conta disso, senti uma dor. A dor do parto. Resolvi gritar meu nome às margens do riacho:

– Valentinaaaaaaaaaaaaaaaaaaaa!!!!!!

Meu grito, meu nome, sou eu. Gosto do eco que o vazio encontra.

Transgredir

Entro no balanço da transgressão
Entre o agredir e o progredir...
Obedecer, desobedecer
Eu não estou contra..
Respeitar, desrespeitar
Desrespeitar quem?
Mover para além
Até ficar na borda do balanço
Espírito de mobilidade
Transcender

Dos sopros em meu ouvido 2

"E quando as palavras, os recursos que achava que dominava, não dão mais conta de expressarem o que sente? O corpo se manifesta, é afetado, toma as rédeas, vai além. Em alguns momentos, inclusive, impõe uma não fala. Sinta. Arrepie, situe no coração a reverberação do som que vem da fronte. Permita-se, entregue-se, eleve-se, faça o que sua intuição cochichar no ouvido da alma. A alma tem sentidos além dos limites da materialidade do corpo físico. Transcenda."

Grandes nós

A fim de afrouxar os nós do pensamento que pareciam de alguma forma me obstruir, era preciso integrar as dualidades.

Ora, ora

– Mãe, as pessoas ora me veem como menina, desconfiando que sou, quando estou com roupa rosa ou unha pintada, ora me veem como menino, por meu cabelo curto e voz forte.

– É? E você, o que faz? Diz seu nome ou algo assim?

– Eu não! Até gosto que as pessoas fiquem desassossegadas – diz ela, aos risos. – Mas reparo que, quando me veem como menino, falam de futebol, de times, lutas, espadas, e me perguntam sobre namoradas. E eu só tenho 11 anos! Já quando me veem como menina, invadem meu espaço, querem me tocar, me infantilizam e me oferecem doces.

É muito difícil entender esse mundo masculino e feminino.

Rito de passagem

Aurora Boreal, aos 12 anos, menstruou. Fomos buscar a vovó nos Horizontes para comemorarmos juntas. Beneditina recebeu-a com orações, banho de flores, escalda-pés.

– Bem-vinda ao novo ciclo! Continue se olhando, se conhecendo... É neste corpo que cabe o seu eu? Com este corpo, você se amará. Com este corpo, você amará alguém. Não deixe que a desorientem. Seu corpo, suas regras, seus processos. Conheça-o profundamente. Ame-o incondicionalmente. Nunca deixe que lhe tomem. Amém.

Encorpar

Um corpo não é só um corpo. É paisagem interna externalizada. É materialidade da forma. É território, casa, templo. Espaço que permite a troca. É minha divindade manifesta. Demorei muito para me enxergar. Para me encorpar. Para enxergar meu corpo como um oráculo dos meus sentimentos: tristeza, mágoa, alegria e dor.

Como me conectar novamente com esse corpo tantas vezes abandonado? A respiração, o toque, a meditação tiram o corpo para dançar.

Dançar? Com este corpo represado, criticado, socialmente inadequado?

Muitas vezes me disseram que meu corpo não dançava, não gerava, apenas lutava. Fui levada a acreditar que meu corpo não prestava. Mas agora me reviro pelo avesso, tomo meu corpo de volta, e ele grita furioso, flui levemente. Com este corpo presente me junto, me costuro, renasço, me festejo.

Envelheço. Se tudo der certo, quero ser idosa. Estou na travessia do outono de mim.

***

E, quando eu finalmente me encorpei, roubaram-me a carroça. Acreditando que ainda precisava dela, separei minha mochila. Beneditina preparou-me alimentos nutritivos. Além da comida, coloquei nela o que considerava essencial: lápis, folhas, água, estatueta… e expectativas, projeções, medo. E fui.

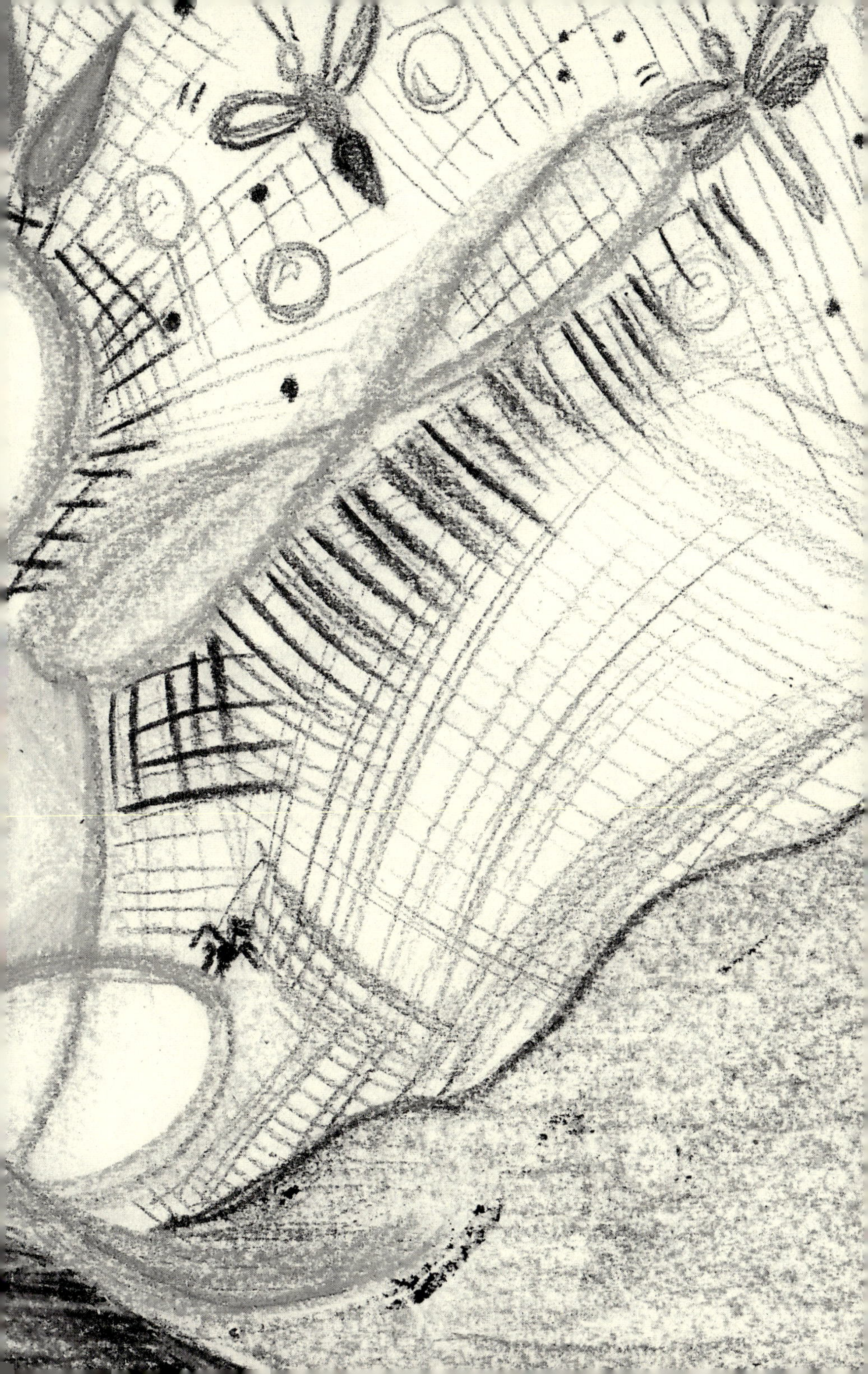

Capítulo 6

Um mergulho no rio

Voltei para a floresta sozinha, logo no início do inverno. Caminhando vagarosamente na escuridão, escuto fora, escuto dentro. Um passo fora. Um passo dentro. Diante de mim, uma bruma muito espessa. "E eu, que pensava que já tinha superado o medo da bruma", penso em voz alta.

A vontade é de parar, paralisar. As pernas tremem. A sensação é de que elas caminham sobre um pântano. Começo lentamente a enxergar minha imagem projetada no chão. O sol está chegando. Me vejo curvada, fazendo muita força para sustentar o peso da mochila. Estou exausta. Dores nas costas, no pescoço. Muita tensão nos ombros.

À medida que caminhava, a mochila foi ficando cada vez mais pesada. Comecei a tirar as projeções, as antigas certezas empoeiradas, as expectativas. Para que carregar tanta coisa?

– Não precisa – diz uma voz. – Basta soltá-las.

Largo tudo e mergulho no rio para refrescar a mente da loucura. Ou na verdade mergulho na loucura para acessar o rio? Não sei. Só sei que me deixei levar para o rio dentro do rio.

Resisto, a princípio. Inspiro, expiro. Estou com medo. O coração bate forte. É caudaloso.

Tento me segurar nas pedras da margem. Fico ali por um tempo. Sinto-me cansada. Quero me entregar.

Solto-me das margens. O rio me leva para dentro. Me afunda. Afundei. Vou para debaixo d'água. Me debato, me assusto. Depois aceito. Confio no rio. E tudo acalma, silencia, embeleza. Ouço os ruídos do rio, o canto de suas águas, seu ritmo e força. Ao longe, escuto os barulhos da margem. O vento. Ainda mais longe, ouço a música da floresta. Vejo o rio. É muito bonito. Tem água demais. Dá vontade de chorar. Choro o rio. O rio me chora.

Estou viva. Células dançam, vibram, tudo em mim se move, comove. Larguei-me como nunca. Êxtase. Arrepios percorrem a pele e invadem a alma. Estou viva. Sinto confiança. Vou. Aceito o que vier. Sinto um frio na barriga.

Lembrei-me de que amava a água, seus líquidos, o rio, o riacho e o mar. Desde criança sentia vontade de ficar lá. De ser um peixe. De flutuar sem peso no corpo, em busca de frescor e conforto. Sinto saudade de Beneditina e de como amava morar em seu útero magenta.

Meu útero. Sem raiva, sem medo. Entregue ao movimento pela primeira vez. Lembro-me, por um instante, de que precisava respirar. Precisava respirar. Não tenho medo da morte. Tum-tum, tum-tum, tum-tum. Tenho vontade de morrer. Tenho medo da vida. Preciso de ar. O ar não existe mais – é hora de morrer?

Por alguns segundos, o tempo parou. Vivi a eternidade.

Nesse instante, sinto um cheiro. Um calafrio e um arrepio percorrem meu corpo. Começam nos braços, sobem da nuca até o topo da cabeça e, em seguida, descem pelo ventre. Ouço uma ventania. Não estou sozinha.

Uma anciã me sopra o útero. Isso mesmo, um sopro furioso e profundo foi dado em meu útero. Respiração boca a boca. Meu corpo gira, encalora, tonteia.

– O que morre deve morrer, o que vive deve viver – diz sua voz áspera.

Sinto medo.

A velha era muito velha, mais velha do que o tempo. Tinha feições de árvore, incontáveis anéis no tronco e cheiro de musgo. Fiquei mais tranquila. Alguém que se parece com uma árvore deve saber o que está fazendo.

Josefina, a anciã, continuava soprando e evocando os espíritos que moram no fim do espaço. Sinto-me secar. Toda. Na verdade, fui ressecando aos poucos, desidratando, sentindo um movimento de uma parte de mim que cedia a água.

– Para onde jorra a água que minha terra perde após seu sopro? – pergunto à anciã.

Antes de ouvir a resposta, durmo. Durmo como havia muito não acontecia. Dormi e ardi em febre por sete dias e sete noites. Um fogo me invadiu e me queimou. Um corpo vivo atravessado pela morte. O poder do movimento das labaredas vermelhas. A consciência mirrada parece se expandir. O útero secou.

Acordo com o ruído da minha respiração, sinto uma dor no umbigo. Parece que ele está virado do avesso. Um corpo aberto. Parece que fiquei grande, esparramada.

– Qual é o meu tamanho? Estou bem?

– O mangue fértil deu lugar à terra seca. Não verterá mais líquidos. A terra agora fica boa para cavar, acessar raízes.

Josefina me oferece um espelho. Não me olho há tanto tempo... me assusto ao ver a pele envelhecida e flácida, os cabelos brancos, os olhos caídos.

– Quando envelheci?

– Desde que nasceu.

Ao perceber que fiquei frustrada com o que vira, a velha sentencia secamente:

– Agora é tempo de enrugar. Enrugar ou morrer.

Aceito a sentença.

– O que aconteceu no rio? – pergunto.

– Encontrei seu corpo solto no rio dentro do rio.

Josefina se afastou por um momento e voltou com raízes de plantas nas mãos. Foram desenterradas por ela. Me deu de presente. Em retribuição, encontro a mochila e ofereço à velha minha antiga estatueta, construída por mim ao longo de muitos anos. Entrego-a meio envergonhada, mas consciente de meu gesto. Rio de mim mesma.

– Não precisa sentir vergonha. Só quando você conquista a estatueta é que pode se despedir dela.

– Eu morri?

– Uma parte sim, mas não toda.

– Quem é você?

– Eu sou várias, há multidões em mim. Você também pode ser. Isso a assusta?

– Um pouco.

– Dói, mas não mata.

– Roubaram minha carroça. Sinto-me perdida. Estou com medo.

– A carroça ainda é importante para você?

Ao pensar na resposta, lembrei-me de que, ao longo de minha jornada, fui roubada algumas vezes. Essa sensação me era familiar. Senti isso, pela primeira vez, aos 5 anos, quando ainda nem sabia ler. Depois, a sensação se repetiu aos 9, aos 15, aos 30, aos 40. Ao recordar no corpo, uma raiva me esquentou a força. Senti um calor vulcânico.

Levaram minha carroça, mas tenho um corpo. E preciso continuar minha jornada. Não morri. Esta é minha tarefa.

Ao longe, bem longe, por trás das brumas, vi minha carroça abandonada, amarrada em uma cerca de arame farpado, cheia de esterco. Recupero a carroça. Saio dali inteira. O rio dentro do rio me apresentou Josefina. E ela me soprou a coragem. Saí daquele encontro maior, feliz pelo que havia me tornado, praticante do que é valoroso. Honrei minha identidade: Valentina.

Capítulo 7

O retorno

Agora eu me reaproprio de mim. Uma vez em movimento, não há força, mesmo que violenta, que possa me impedir ou reverter minha direção. Reconheço meu caminho. Não há dúvidas. Não há escolhas. Envelhecida, com um espelho em vez de um troféu, volto para a cabana. As rédeas estão soltas. Confio e sinto o frio na barriga. Sinto-me em paz com o vento da velhice. Conduzo com minha pulsão interior e agora sei que não estou sozinha. Sempre estive acompanhada. Josefina, pequena luz presente no lugar do passageiro, me ilumina. Silenciosa. Reservada. Muito próxima.

Ao chegar à cabana, meu lar, percebi que amava minha casa. Guardei as raízes, cortei o cabelo, lavei minhas roupas e fui me banhar nua na água fria do riacho. Senti vontade de mover-me em tremeliques, para ajuntar-me por dentro. Unir-me às várias mulheres que me habitam. Às Valentinas – a criança, a jovem, a adulta e agora a mulher madura.

Percebi, pela primeira vez, que minha casa é ampla. São muitos os cômodos. Há espaço para a chegada de outros, mesmo que muitos – Beneditina, Lux, Aurora Boreal, amigas-irmãs e Enzo – ainda morem ali. Lembrei-me de Josefina; o espaço dela está garantido na cozinha da minha morada. Espaço para poucos da intimidade do fogão de lenha, que não mais me intimida.

É estranha a sensação de renascer após o encontro com

Josefina. Onde eu sentia a dor do umbigo invertido, parece que um cordão umbilical está surgindo.

– Onde o cordão se conecta? Um novo cordão umbilical que cresce para dentro do ventre?

Começou como uma dor, depois virou cócegas, até que o movimento está ficando mais claro. Parece caminhar para uma gestação às avessas.

– Seria possível nascer para dentro? Um eu ou vários tentando morar dentro de mim?

Agora mais velha, começo a germinar uma semente da nova fase da vida. Carrego em mim uns brotinhos da sabedoria anciã. Sei-me frágil. Sei-me forte. Sei que agora posso ser de fato quem sou.

Ao nutrir-me das raízes profundas colhidas por Josefina, senti-me viva. Conectada à natureza, à cura, aos invisíveis, às pessoas. Força inquietante e inesgotável. Carrega em si uma radicalidade, que não se desconecta do afeto.

Tenho consciência de meus novos sentidos. Não quero mais repetir. Produzir por produzir. Não quero o concreto, o óbvio, o mecânico, o previsível. Em todos os meus movimentos, desejo o frescor da juventude depois do envelhecer.

Abandonei o porto seguro dos saberes científicos, seus métodos e suas linguagens com os quais já estava acostumada. Não precisei jogá-los fora, a ciência e seus dogmas ainda estão comigo, mas, agora, conheço também outros lugares. Mente e corpo foram cerzidos, como dualidades integradas.

Aprendi também a me acompanhar. Convidei-me a (re) criar. Agora é acordar para os outros, sem projeções e para o mundo, aceitando-os como são. É necessário participar do útero do planeta. Devolver o amor a ele.

Ao fazer os reparos na carroça, após ampla jornada, deparei-me com uma carta no lado do passageiro:

"Falta pouco. Sinta a brisa te acalmando. Vá ao encontro do fluxo da vida e não resista mais. Seu caminho é com o vento. Chegará ao ponto desejado – o desejo do mover da alma. Tudo lhe será ofertado em seu devido tempo. Só não resista. Chegará tudo a suas mãos – uma alma feminina a ser trabalhada. É através deste feminino que encontrará seu caminho. Rode sua saia ao vento e será a saia direcionadora de sua vida. Estamos contigo.

Da amada Josefina."

Agradecimentos

Há muitas pessoas a quem devo agradecer pelo apoio que me deram para contar esta estória.

Rachel Loyola, pelo prefácio que me conta tanto de mim mesma! E pela amizade que caminha comigo no encontro da minha identidade e me incentiva a abraçar outras que (certamente) virão.

Simone Barreto e Andreia Assaf, por todos os diálogos, trocas, incentivos e primeiras leituras.

Alfredo Cunha, por acompanhar muito de perto essa travessia.

Carolinha Aranha, querida amiga-irmã. Pela convivência, por todas as experiências e loucuras partilhadas. Pelo campo amoroso de criações, elaborações e apoio mútuo.

Ao Profides e amigos do Grupo Amor e Sorte, Dazo, Renata e Angelo. Que sorte a minha estar cercada por este amor.

Scheilla Smaniotto, escritora e mestre da arte da escrita, cujos ensinamentos me deram coragem para o salto da criação.

Flavia Midori pela revisão cuidadosa do texto.

Ana Beatriz Manier, pelo estímulo e por acreditar que vale a pena materializar este livro.

A toda equipe da editora In Media Res.

Aos meus pais e Daniela, pelo suporte e pela presença em minha caminhada.

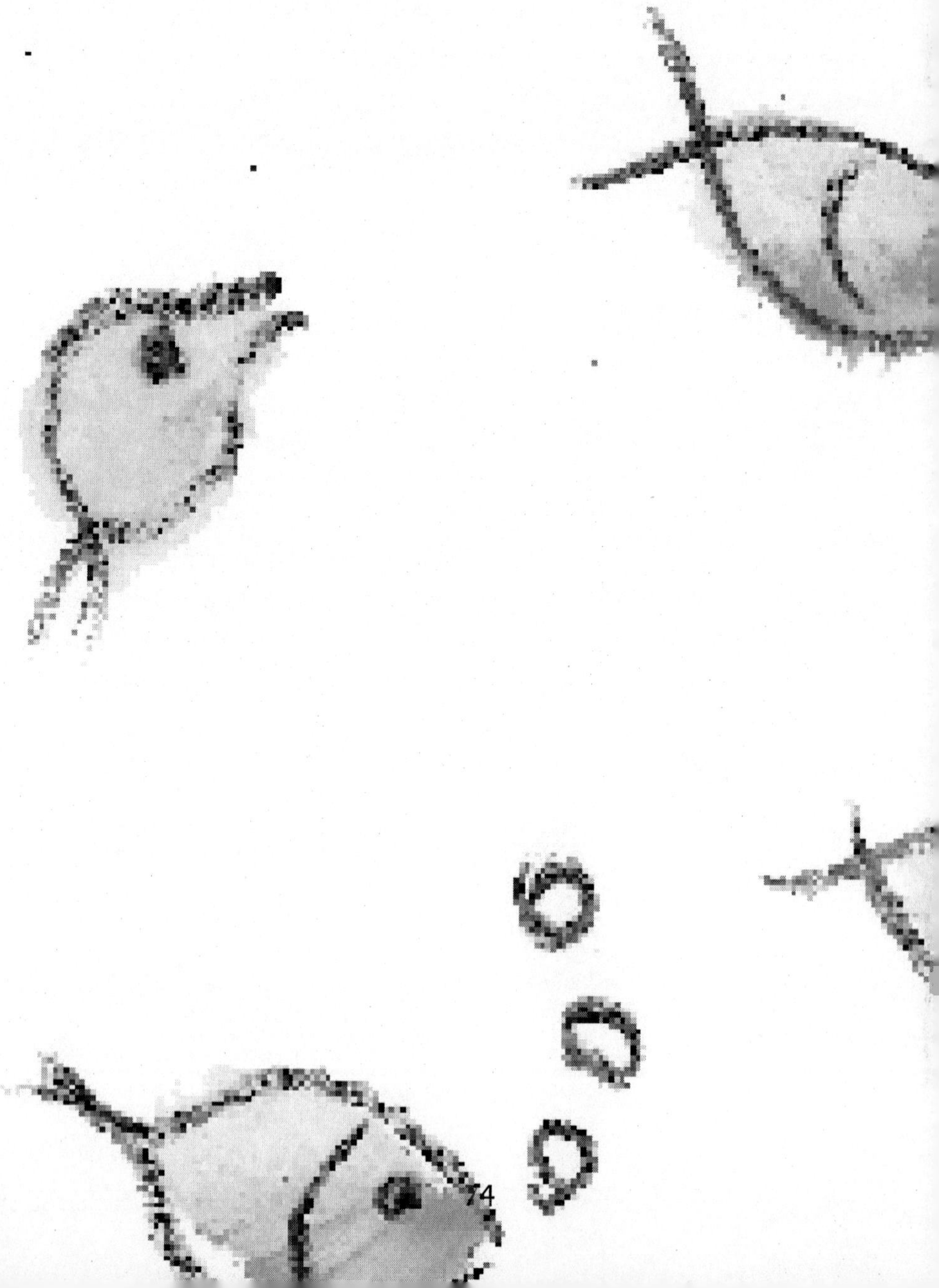

Para conhecer outros lançamentos da
In Media Res Editora,
visite o site:

www.inmediares.com.br